Vente du 10 Mars 1888
(HÔTEL DROUOT)

CATALOGUE

DE

LIVRES A FIGURES

DES

XVIIIe ET XIXe SIÈCLES

COMPOSANT

LA BIBLIOTHÈQUE D'UN AMATEUR ÉTRANGER

Dorat : Les Baisers, 1770 ; Fables, 1773 ; exemplaires *en grand papier*. — Les Saints Évangiles, traduction de Bossuet, 1873, 2 vol. in-fol. fig. de Bida. — Galeries de tableaux. — L'Arétin d'Augustin Carrache, 1798, in-4, figures *avant la lettre*. — De La Borde. Choix de chansons, 4 tomes en 2 vol. gr. in-8, mar. r. — Longus. Les Amours de Daphnis et Chloé, 1718, fig. du Régent, mar. r. (*Rel. anc.*) — Molière. Œuvres, 1734, 6 vol. in-4. — Ovide. Métamorphoses, traduction de l'abbé Banier, 1767-1771, 4 vol. in-4. — Prévost. Histoire du chevalier Des Grieux, 1753, 2 vol. Exemplaire en *papier de Hollande*. — Reclus. Géographie universelle, 12 vol. rel. — Suite de figures de Moreau et autres, pour les Œuvres de J.-J. Rousseau, 43 pièces in-4, la plupart *avant la lettre*. — Le Tour du Monde, 1860-1884, 24 vol. in-4, rel. — Voltaire, Romans et Contes, 1778, 3 vol. in-8, figures *avant les numéros*. — Ouvrages illustrés, par Gustave Doré. — Etc., etc.

PARIS

LABITTE, ÉM. PAUL ET Cie

LIBRAIRES DE LA BIBLIOTHÈQUE NATIONALE

4, RUE DE LILLE, 4

1888

LABITTE, ÉM. PAUL ET Cⁱᵉ

LIBRAIRES DE LA BIBLIOTHÈQUE NATIONALE

4, rue de Lille, Paris.

MANUEL

DE

L'AMATEUR D'ILLUSTRATIONS

GRAVURES ET PORTRAITS

POUR L'ORNEMENT DES LIVRES FRANÇAIS ET ÉTRANGERS

Par J. SIEURIN

Un volume in-8, beau papier teinté, broché. 12 fr.
Grand papier de Hollande. . . . . 24 fr.

Cet ouvrage est un excellent guide pour les amateurs de livres à vignettes, indispensable pour l'illustration des livres français et étrangers. Il renferme sur les différents états des suites de curieux détails que M. Sieurin seul connaissait; il peut être illustré de planches détachées.

Les exemplaires en grand papier sont presque épuisés.

L'ŒUVRE DE MOREAU LE JEUNE

CATALOGUE RAISONNÉ ET DESCRIPTIF

AVEC NOTES ICONOGRAPHIQUES ET BIBLIOGRAPHIQUES

Par J.-F. MAHÉRAULT

Précédé d'une Notice biographique par ÉMILE DE NAJAC

Un volume in-8, portrait, broché. . . . . 30 fr.
Exemplaire en papier Whatman. . . . . 50 fr.

SUITE DE FIGURES

DE

PRUDHON, CHAUDET, GÉRARD, GIRODET, MOITTE, PEYRON, SÉRANGELI ET TAUNAY

POUR LES

ŒUVRES COMPLÈTES DE RACINE

Publiées par DIDOT

57 pièces in-folio. . . . . 25 fr.

SEIZE EAUX-FORTES

De Jules CHÉVRIER (de Chalon-sur-Saône)

POUR ILLUSTRER L'OUVRAGE INTITULÉ

LES AMOUREUX DU LIVRE

Par F. FERTIAULT

Premières épreuves artistiques *avant la lettre*, tirées directement sur le cuivre avant aciérage des planches, sur véritable *papier fort du Japon*. . . . . **20** fr.

Paris. — Typ. G. Chamerot, 19, rue des Saints-Pères. — 22292.

LA VENTE AURA LIEU

LE SAMEDI 10 MARS 1888

A 2 heures précises du soir

HOTEL DES COMMISSAIRES-PRISEURS, 9, RUE DROUOT

SALLE N° 4

Par le ministère de Me MAURICE DELESTRE, commissaire-priseur

27, RUE DROUOT

Assisté de M. ÉM. PAUL, libraire-expert

4, RUE DE LILLE

ORDRE DE LA VACATION

Numéros . . . . 1 à 109

Numéros . . . . 110 à 195

CONDITIONS DE LA VENTE

La vente se fait expressément au comptant.

Les acquéreurs payeront 5 p. 100 en sus des enchères, applicables aux frais.

Il y aura exposition le jour de la vente, de 1 à 2 heures.

Les livres devront être collationnés dans les vingt-quatre heures de l'adjudication. Passé ce délai, ou une fois sortis de la salle de vente, ils ne seront repris pour aucune cause.

M. ÉM. PAUL, chargé de la vente, remplira les commissions des personnes qui ne pourraient y assister.

CATALOGUE

DE

LIVRES A FIGURES

DES

XVIIIᵉ ET XIXᵉ SIÈCLES

COMPOSANT

LA BIBLIOTHÈQUE D'UN AMATEUR ÉTRANGER

Dorat : Les Baisers, 1770 ; Fables, 1773 ; exemplaire *au grand papier*. — Les Saints Évangiles, traduction de Bossuet, 1873, 2 vol. in-fol. fig. de Bida. — Galeries de tableaux. — L'Arétin d'Augustin Carrache, 1798, in-4, figures *avant la lettre*. — De La Borde, Choix de chansons, 4 tomes en 2 vol. gr. in-8, mar. r. — Longus, Les Amours de Daphnis et Chloé, 1718, fig. du Régent, mar. r. (*Rel. anc.*) — Molière, Œuvres, 1734, 6 vol. in-4. — Ovide, Métamorphoses, traduction de l'abbé Banier, 1767-1771, 4 vol. in-4. — Prévost, Histoire du chevalier Des Grieux, 1753, 2 vol. Exemplaire en *papier de Hollande*. — Reclus, Géographie universelle, 12 vol. rel. — Suite de figures de Moreau et autres, pour les Œuvres de J.-J. Rousseau, 43 pièces in-4, la plupart *avant la lettre*. — Le Tour du Monde, 1860-1881, 24 vol. in-4. rel. — Voltaire, Romans et Contes, 1778, 3 vol. in-8, figures *avant les numéros*. — Ouvrages illustrés, par Gustave Doré. — Etc., etc.

PARIS

LABITTE, ÉM. PAUL ET Cᴵᴱ

LIBRAIRES DE LA BIBLIOTHÈQUE NATIONALE

4, RUE DE LILLE, 4

—

1888

CATALOGUE

DE

LIVRES A FIGURES

DES

XVIIIE ET XIXE SIÈCLES

COMPOSANT LA BIBLIOTHÈQUE D'UN AMATEUR ÉTRANGER

1. ABRÉGÉ de l'histoire universelle en figures.... dessinées par Monnet et gravées par Duflos. *Paris, Duflos*, 1785, 4 vol. in-8, titre gr. et fig. à mi-page avec texte gr. v. ant. rac.

2. ACTRICES (Les) de Paris. Portraits de E. de Liphart, texte par MM. Em. Bergerat, Dan. Bernard, Em. Blémont, J. Claretie, etc. *Paris, Launette, Decaux*, 1882, gr. in-8, portraits, demi-rel. chag. r. avec coins, dos orné, fil. tête dor. ébarbé.

    Exemplaire sur PAPIER VÉLIN, avec les vignettes tirées en bistre.

3. ARIOSTE. Roland furieux, poëme héroïque, traduit par A.-J. Du Pays et illustré par Gustave Doré. *Paris, Hachette*, 1879, in-fol. fig. cart. perc. r. fers spéciaux sur les plats.

4. ARMENGAUD. Les Galeries publiques de l'Europe. *Paris, Lahure*, 1859-1865, 2 vol. in-4, fig. demi-rel. chag. r. plats toile, fers spéciaux, tr. dor.

    Rome. — L'Italie.

5. — Les Reines du monde, par les premiers écrivains. *Paris, Lahure*, 1862, in-4, fig. demi-rel. chag. r. avec coins, fil. tête dor. non rog.

6. ARTAMOF (Piotre) et ARMENGAUD. La Russie historique, monumentale et pittoresque. *Paris, Lahure*, 1862, 2 vol. gr. in-4, fig. demi-rel. chag. r. avec coins, fil. tête dor. non rog.

7. BALZAC (H. de). Balzac illustré. La Peau de chagrin. Études sociales. *Paris, Delloye*, 1838, in-8, fig. chag. noir, fil. tr. dor.

    PREMIER TIRAGE.

8. **Balzac** (H. de). Petites Misères de la vie conjugale, ouvrage illustré par Bertall. *Paris, Chlendowski, s. d.* (1845), in-8, fig. demi-rel. bas.

> Édition originale. Ouvrage spirituellement illustré de plus de 300 dessins sur bois, dont 50 grands sujets tirés à part.

9. **Basan**. Recueil d'estampes, gravées d'après les tableaux du cabinet de monseigneur le duc de Choiseul. *Paris*, 1771, in-4, front. dédicace, table, portr. et pl. gr. cart. non rog.

> Taches d'humidité.

10. **Bekker**. Fabelen uit gegeven door E. Bekker, Wed A. Wolf en A. Deken. *In S'Graven Hage, Isaac van Cleef*, 1784, in-8, 1 planche de portraits, 1 titre et 40 vignettes à mi-page, mar. bleu, fil. doublé et gardes de satin, tête dor. non rog.

11. **Béranger**. Chansons, contenant 53 gravures sur acier. *Paris, Perrotin*, 1865, 2 vol. fig. — Dernières Chansons, de 1834 à 1851. *Paris, Perrotin*, 1866, in-8, fig. de Lemud. — Chansons. Supplément. *Paris*, 1866, 1 vol. — Musique des chansons, airs notés anciens et modernes. *Paris, Garnier*, 1868, 1 vol. fig. — Correspondance, recueillie par P. Boiteau. *Paris, Perrotin*, 1860, 4 vol. in-8, portr. — Ma Biographie, écrite par Béranger. *Paris, Garnier*, 1868, in-8, fig. — Ens. 10 vol. in-8, demi-rel. chag. brun.

12. **Béroalde** de Verville. Le Moyen de parvenir. OEuvre contenant la raison de ce qui a esté, est et sera... Nouvelle édition..., par un bibliophile campagnard. *Paris, Willem*, 1870, 2 vol. in-12, portr. et vign. demi-rel. mar. or. avec coins, tête dor. non rog.

> Édition non mise dans le commerce.

13. **Bescherelle**. Dictionnaire national ou Dictionnaire universel de la langue française. *Paris, Garnier*, 1877, 2 vol. in-4 à 4 col. demi-rel. chag. r. plats toile.

14. **Bible**. La Sainte Bible, traduite sur le latin de la Vulgate par Le Maistre de Sacy et par le P. Lallemant, accompagnée de nombreuses notes explicatives par M. l'abbé Delaunay. *Paris, Curmer*, 1860 5 vol. in-4, planches gr. demi-rel. chag. violet, plats toile.

> Exemplaire sur papier vélin fort. Les planches sont sur chine, quelques-unes avant la lettre.

15. — La Sainte Bible, traduite en français par Le Maistre de Sacy, accompagnée du texte latin de la Vulgate. Nouvelle édition revue par M. l'abbé Jacquet, et illustrée de nombreuses gravures. *Paris, Garnier*, 1867-1868, 6 vol. gr. in-8, planches gr. demi-rel. chag. vert, fil. tête dor. ébarbé.

16. Bible. L'Histoire de Joseph, traduite de la Sainte Bible par Le Maistre de Sacy. *Paris, Hachette*, 1878, in-fol. fig. à l'eau-forte, cart. perc. r. fers spéciaux, non rog.

17. —L'Histoire de Tobie, traduite de la Sainte Bible par Le Maistre de Sacy. *Paris, Hachette*, 1880, in-fol. fig. à l'eau-forte, cart. perc. r. fers spéciaux, non rog.

18. —Le Livre de Ruth, traduit de la Sainte Bible par Le Maistre de Sacy. *Paris, Hachette*, 1876, in-fol. fig. à l'eau-forte, cart. perc. r. fers spéciaux, non rog.

19. Blanc (Louis). Histoire de la Révolution française, ornée de 600 gravures exécutées sur les dessins de M. H. de La Charlerie. *Paris, Docks de la Librairie, s. d.* 2 vol. in-4 à 2 col. fig. demi-rel. chag. r. plats toile.

20. Boccace. Contes et Nouvelles. Traduction libre accommodée au goust de ce temps. Seconde édition dont les figures sont nouvellement gravées. *Cologne, Jacques Gaillard*, 1702, 2 vol. pet. in-8, fig. à mi-page par Romain de Hooge, demi-rel. mar. r. avec coins, fil. tête dor.

Le frontispice est remonté, le titre du 1er volume est doublé et quelques feuillets sont remmargés.

21. Bogaerts (Félix). Lord Strafford. Douze planches dessinées par N. de Keyser. *Bruxelles, Jamar, s. d.* (1848), in-8, fig. demi-rel. mar. r. avec coins, fil.

22. Bosc (Ernest). Dictionnaire de l'art, de la curiosité et du bibelot. *Paris, Firmin Didot*, 1883, in-8 à 2 col. fig. en noir et en couleur, demi-rel. chag. r. avec coins, fil. tête dor. non rog.

23. Boudin (Amédée). Histoire de Louis-Philippe, roi des Français. *Paris*, 1847, in-8, front. et fig. demi-rel. chag. violet.

Les planches hors texte sont sur CHINE.

24. CARRACHE. L'ARÉTIN D'AUGUSTIN CARRACHE, ou Recueil de postures ér..... d'après les gravures à l'eau-forte par cet artiste célèbre, avec le texte explicatif des sujets (par Croze-Magnan). *A La Nouvelle Cythère, s. d. (Paris, P. Didot*, 1798). gr. in-4, 20 planches gravées par Coiny, mar. bleu, dos orné, dent. sur les plats, doublé et gardes en moire grenat, tr. dor.

Exemplaire du PREMIER TIRAGE, avec les épreuves AVANT LA LETTRE; on y a joint 10 copies modernes de ces mêmes planches gravées au trait.

25. Cervantes. Don Quichotte, avec les dessins de G. Doré. Traduction de Louis Viardot. *Paris, Hachette*, 1863, 2 vol. in-fol. portr. et fig. cart. perc. r. fers spéciaux, ébarbés.

PREMIER TIRAGE.

26. CHALLAMEL (Aug.). Histoire de la Mode en France. La Toilette des femmes depuis l'époque gallo-romaine jusqu'à nos jours. *Paris, Hennuyer*, 1881, in-8, pl. en couleur, demi-rel. mar. brun avec coins, fil. tête dor. non rog. (*Claessens.*)

27. CHAMPAGNAC et OLIVIER. Le Voyageur de la jeunesse dans les cinq parties du monde, illustré de 22 gravures par MM. Rouargue frères. *Paris, Morizot, s. d.* gr. in-8, fig. et planches en couleur, demi-rel. chag. violet.

28. CHANTS et chansons populaires de la France. Nouvelle édition. *Paris, Plon*, 1858, in-8, fig. et musique, demi-rel. mar. vert.

29. CHASLES (Philarète). Révolution d'Angleterre : Charles Ier, sa cour, son peuple et son parlement. 1630 à 1660. Histoire anecdotique et pittoresque du mouvement social et de la guerre civile en Angleterre au xviie siècle. *Paris, Vve Louis Janet, s. d.* in-8, fig. chag. vert, fil. tr. dor.

30. CHATEAUBRIAND. Atala, avec les dessins de Gustave Doré. *Paris, Hachette*, 1863, in-fol. fig. cart. perc. r. fers spéciaux, ébarbé.

31. CHEVIGNÉ (comte de). Les Contes rémois. Dessins de E. Meissonier. *Paris, Académie des Bibliophiles*, 1868, in-12, portr. et vign. demi-rel. mar. vert avec coins, dos orné, fil. tête dor. non rog. (*Dubois.*)

32. CHRONIQUE des Arts et de la Curiosité. *Paris, 5 janvier* 1868-31 *août* 1870, 2 vol. gr. in-8, demi-rel. chag. La Vall. plats toile, non rog.

33. COLERIDGE (Samuel). La Chanson du vieux marin, traduite par A. Barbier et illustrée par G. Doré. *Paris, Hachette*, 1877. in-fol. front. et pl. cart. perc. r. fers spéciaux.

34. COSTER (Ch. de). La Légende d'Ulenspiegel, ouvrage illustré de quatorze eaux-fortes inédites de MM. Artan, Claeys, Degroux, etc. *Bruxelles, Lacroix*, 1867, in-4, pl. demi-rel. chag. bleu avec coins, fil. tête dor. ébarbé.

35. COSTUMES du xviiie siècle tirés des Prés-Saint-Gervais, 20 eaux-fortes de A. Guillaumot d'après les dessins de Draner. — Costumes du Directoire, tirés des Merveilleuses, eaux-fortes de Guillaumot. *Paris, Rouquette*, 1874-1875, 2 vol. gr. in-8, fig. cart. perc. r.

36. CRAFTY. Paris à cheval, texte et dessins, avec une préface par Gustave Droz. *Paris, Plon*, 1883, in-4, fig. demi-rel. chag. r. avec coins, dos orné, fil. tête dor. ébarbé.

37. DANTE Alighieri. L'Enfer, le Purgatoire et le Paradis, illustrés des dessins de Gustave Doré. Traduction de Pier Angelo
Fiorentino. *Paris, Hachette*, 1872, 2 vol. in-fol. fig. cart. perc.
r. fers spéciaux, ébarbés.

38. DECHARME (P.). Mythologie de la Grèce antique, ouvrage orné
de quatre chromolith. et de 178 figures, d'après l'antique.
Paris, Garnier, 1879, in-8, fig. demi-rel. chag. vert, plats toile,
tr. dor.

39. DELAROCHE (Paul). OEuvre, reproduit en photographie par
Bringham, accompagné d'une notice sur la vie et les ouvrages
de P. Delaroche, par H. Delaborde, et du catalogue raisonné
de l'œuvre, par G. Goddé. *Paris, Goupil*, 1858, in-fol. photog.
demi-rel. mar. vert avec coins, tête dor.

   Les planches sont montées sur onglets.

40. DELORME (René). Gustave Doré, peintre, sculpteur, dessina-
teur et graveur. *Paris, Baschet*, 1879, in-fol. portr. et pl. en
photog. montés sur onglets. fig. cart. perc. r. fers spéciaux.
tr. dor.

41. DEMMIN (Aug.). Guide de l'amateur de faïences et porcelaines.
poteries, terres cuites, peintures sur lave... Troisième édition.
Paris, Renouard, 1867, 2 vol. in-12, portr. fig. et fac-similés,
demi-rel. mar. r. avec coins, tête dor. non rog. (*Belz-Niedrée.*)

42. DESFONTAINES. Les Bains de Diane, ou le Triomphe de l'Amour,
poème (par Desfontaines). *Paris, Costard* (1770), in-8, front.
fig. v. ant. marb.

   Cet ouvrage est suivi de *Mérinval*, drame par M. d'Arnaud. *Paris, Le
Jay*, 1774.

43. DESNOYERS. Les Tableaux de la Nature, par M*** (l'abbé Desnoyers). *Amsterdam et Paris, veuve Duchesne*, 1775, in-8, fig.
br.

44. DEZOBRY et BACHELET. Dictionnaire général de biographie et
d'histoire, de géographie ancienne et moderne, etc. *Paris,
Delagrave*, 1873, 2 vol. gr. in-8 à 2 col. demi-rel. chag. r. avec
coins.

45. DIAMANTS et Pierres précieuses... Par MM. Jannetaz, Vander-
heym, Fontenay, Coutances. *Paris, Rothschild*, 1881, in-8, fig.
1 pl. en couleur, cart. dos de perc. r. non rog.

46. DICTIONNAIRE de l'Académie française. Sixième édition publiée en 1835. *Bruxelles*, 1836. — Supplément... publié par
M. Louis Carré. 1839. — Ens. 2 vol. gr. in-4 à 3 col. demi-rel.
chag. plats toile.

47. DICTIONNAIRE de la Conversation et de la Lecture publié sous
la direction de M. W. Duckett. 16 vol. — Supplément. 4 vol.
(A-NIN). *Paris, Firmin Didot*, 1873, 20 vol. in-8 à 2 col. demi-
rel. chag. grenat.

48. DIGUET (Charles). Les Jolies Femmes de Paris. Vingt eaux-
fortes par Martial. Nouvelle édition. *Paris, Lacroix*, 1873, in-12,
front. et portr. demi-rel. chag. bleu.

   Mouillures aux pages 30 et 32.

49. DORAT. LES BAISERS, précédés du Mois de Mai, poème
(par Dorat) (suivi des Imitations de poètes latins). *La Haye, et se
trouve à Paris, chez Lambert et Delalain*, 1770, in-8, titre rouge
et noir, fig. d'Eisen et de Marillier, mar. r. fil. dent. int. tr.
dor. (*Claessens.*)

   Exemplaire sur PAPIER DE HOLLANDE, auquel on a ajouté les *Lettres
   d'une Chanoinesse de Lisbonne à Valcour* (par Dorat). *Paris*, 1770. Ces
   lettres sont une imitation des *Lettres Portugaises* et sont ornées de 1 figure,
   1 vignette et 1 cul-de-lampe par Eisen.

50. — La Déclamation théâtrale, poème didactique en quatre
chants (par Dorat). *Paris, Delalain*, 1771, in-8, fig. d'Eisen, v.
ant. marb. dent. tr. dor.

51. —FABLES NOUVELLES. A *La Haye et se trouve à Paris, chez
Delalain*, 1773, 2 tomes en 1 vol. in-8, fig. mar. grenat, fil. tr.
dor. (*Claessens.*)

   Exemplaire en PAPIER BLANC DE HOLLANDE.

52. — Mes Fantaisies. Troisième édition. A *La Haye et à Paris*,
1770, in-8, fig. d'Eisen, v. ant. marb. dent. tr. dor.

53. — Idylles de Saint-Cyr, ou l'Hommage du cœur, à l'occasion
des mariages de M. le Dauphin avec Marie-Antoinette d'Au-
triche, etc. A *Amsterdam et à Paris*, 1771, 21 pp. —Ma Philo-
sophie. A *La Haye et à Paris*, 1771, 47 pp. — Les Victimes de
l'amour, ou Lettres de quelques amans célèbres. A *Amsterdam
et à Paris*, 1776, 131 pp. — Ens. 3 ouvrages en 1 vol. in-8, fig.
de Marillier, v. ant. marb. dent. tr. dor.

54. — Les Malheurs de l'inconstance, ou Lettres de la marquise
de Syrcé et du comte de Mirbelle. *Amsterdam et Paris*, 1772,
2 vol. in-8, front. par Quéverdo, v. ant. marb. dent. tr. dor.

55. — Mes Nouveaux Torts, ou Nouveau mélange de poésies.
Amsterdam et Paris, 1775, in-8, fig. de Marillier, v. ant. marb.
dent. tr. dor.

56. — Recueil de contes et de poëmes, par M. D**** (Dorat). *La*

Haye et Paris, 1769, 3 ouvrages en 1 vol. in-8, fig. d'Eisen, v. ant. marb. dent. tr. dor.

Irza et Marsis, ou l'Isle merveilleuse, poëme en deux chants, suivi d'Alphonse, conte. 1769, 77 pp. — Les Cerises et la Méprise, contes en vers. 1769, 42 pp. — Selim et Selima, poëme imité de l'allemand, etc. 1769, 78 pp.

57. DORAT. Régulus, tragédie, et la Feinte par amour, comédie. *Paris, Delalain*, 1773. — Le Célibataire, comédie. *Paris, Delalain*, 1776, titre par Marillier. — Ens. 2 ouvrages en 1 vol. in-8, v. ant. marb. dent. tr. dor.

58. — Les Sacrifices de l'amour, ou Lettres de la vicomtesse de Sénanges et du chevalier de Versenai. *Amsterdam et Paris*, 1772, 2 vol. in-8, fig. de Marillier, v. ant. marb. dent. tr. dor.

59. DORÉ (Gustave). L'Album. *Paris, Goupil, s. d.* in-fol. 12 pl. lithog. demi-rel. mar. bleu avec coins, fil. tête dor. ébarbé.

60. — Histoire pittoresque, dramatique et caricaturale de la sainte Russie, d'après les chroniqueurs et historiens Nestor, Nikan, Sylvestre, Karamsin, etc., commentée et illustrée de 500 magnifiques gravures. *Paris, Bry*, 1854, in-8, fig. cart. perc. verte, non rog. couverture illustrée en couleur.

Spirituel pamphlet à la plume et au crayon, dirigé contre la Russie à propos de la guerre d'Orient de 1855.

61. DRUMONT (Édouard). Les Fêtes nationales à Paris. *Paris, Baschet*, 1879, in-fol. fig. cart. perc. r. fers spéciaux.

62. DUBUISSON. Le Tableau de la Volupté, ou Les quatre parties du jour, poème par M. du B. (Dubuisson). *Cythère (Paris)*, 1771, pet. in-8, front. et fig. mar. vert, fil. tête dor.

63. DUPINEY DE VOREPIERRE. Dictionnaire français illustré et Encyclopédie universelle, ouvrage orné d'environ 20 000 figures gravées. *Paris, Calmann Lévy*, 1879, 2 forts vol. in-4 à 3 col. fig. demi-rel. chag. grenat.

64. DU ROSOY. Les Sens, poème en six chants. Seconde édition, revue et corrigée par l'auteur. *Londres*, 1767, in-8, fig. d'Eisen et Wille, mar. r. tr. dor. doublé et gardes de satin vert. *(Rel. anc.)*

65. EBERS (Georges) : L'Égypte, Alexandrie et le Caire. — Du Caire à Philæ. — Traduction de G. Maspéro. *Paris, Firmin Didot*, 1880-81. — Ens. 2 vol. in-4, fig. demi-rel. chag. r. plats toile, fers spéciaux, tr. dor.

66. ÉVANGILES. Les Saints Évangiles, traduits de la Vulgate par M. l'abbé Dassance, illustrés par MM. Tony Johannot, Cavelier,

A.

Gérard-Seguin et Brevière. *Paris, Curmer*, 1836, 2 vol. in-8,
front. en chromolith. et fig. sur acier, v. violet, comp. à froid,
tr. dor.

PREMIER TIRAGE.

67. ÉVANGILES. LES SAINTS ÉVANGILES. Traduction de Bossuet.
Paris, Hachette, 1873, 2 vol. in-fol. pl. à l'eau-forte et fig. d'a-
près les dessins de Bida, ornements du texte par Rossigneux,
demi-rel. mar. La Vall. avec coins, ébarbés.

68. FÉNELON. Les Avantures de Télémaque fils d'Ulysse. Première édition conforme au manuscrit original. *Paris, De-
laulne*, 1717, 2 vol. in-12, portr. front. fig. et carte, v. ant. éc.
fil. tr. dor. (*Padeloup*.)

Édition recherchée, imprimée en gros caractères.
Quelques légères taches d'humidité.

69. — Les Aventures de Télémaque, précédées d'un essai historique et critique sur Fénelon et ses ouvrages, par Philipon de
La Madelaine. *Paris, Mallet*, 1840, in-8, fig. demi-rel. v. r. avec
coins, fil.

PREMIER TIRAGE.

70. FORTOUL (H.). Les Fastes de Versailles, depuis son origine
jusqu'à nos jours. *Paris, Houdaille*, 1844, gr. in-8, fig. demi-
rel. bas. r.

Taches.

71. FRÉRON. Adonis (par Fréron et Colbert d'Estouteville). *Londres, et se trouve à Paris chez Musier fils*, 1775, in-8, fig. d'Eisen, br.

72. GALERIE du Luxembourg, des musées, palais et châteaux
royaux de France, contenant la collection des tableaux de
l'École française depuis David. *Paris*, 1828, in-fol. pl. gr. demi-
rel. v. vert.

36 planches sur CHINE.

73. — Galerie de l'Hermitage, gravée au trait d'après les plus
beaux tableaux qui la composent, avec la description par Camille
de Genève, publiée par F. Labensky. *Saint-Pétersbourg, Alici*,
1805, in-4, portr. 45 pl. demi-rel. bas. verte.

74. — Collection de gravures choisies d'après les peintures et scul-
ptures de la galerie de Lucien Bonaparte, prince de Canino,
(avec un texte par Charles de Châtillon). *A Rome*, 1822, in-fol.
max. planches gravées, demi-rel. bas. violette.

75. — Die Gemälde Gallerie des Königlichen Museums in Berlin.
In Lithographien der vorzüglichsten Gemälde derselben. *Ber-*

lin, Simion, 1841, gr. in-fol. titre gravé et 36 pl. sur chine, demi-rel. mar. bleu.

76. GALERIE électorale de Dusseldorf, ou Catalogue raisonné et figuré de ses tableaux, dans lequel on donne une connaissance exacte de cette fameuse collection et de son local, par des descriptions et par une suite de 30 planches contenant 365 petites estampes par Chrétien de Mechel. Ouvrage composé par Nicolas de Pigage. *Basles, chez Ch. de Mechel*, 1778, in-4, obl. demi-rel. chag. bleu avec coins. tête dor. non rog.

Exemplaire en PAPIER FORT DE HOLLANDE.

77. — Auswahl der vorzüglichsten Gemälde der herzoglich-Leuchtenbergischen Galerie. Herausgegeben von der literarisch-artistischen Anstalt der F. G. Gotha'schen Buchhandlung. *In München, s. d.* in-fol. portrait en pied du duc de Leuchtenberg et 43 pl. lithographiées sur chine, demi-rel. mar. r. avec coins, fil. ébarbé.

78. — The Royal Gallery of art, ancient and modern engravings from the private collections of Her Majesty the Queen and his R. H. prince Albert. *London, Colnaghi, s. d.* 4 tomes en 2 vol. in-fol. front. et dédicace gr. pl. demi-rel. chag. r. avec coins, non rog.

79. — Die Schätze der grossen Gemälde-Gallerien Englands. herausgegeben von Lord Ronald Gower. *Leipzig, Schulze*, 1884, 3 parties en 1 vol. in-4, fig. en photogr. montées sur onglets, demi-rel. chag. bleu avec coins.

80. GALIBERT (L.) et PELLÉ (C.). Constantinople ancienne et moderne, illustrée par Th. Allom, précédée d'un essai historique. *Paris et Londres, s. d.* 3 parties en 1 vol. in-4, pl. gr. demi-rel. chag. vert avec coins.

81. GAULLIEUR (E.-A.). La Suisse historique et pittoresque. Description de ses vingt-deux cantons..... ornée de gravures sur acier et d'une carte. *Paris, Didier*, 1857, in-8, fig. en noir et en couleur, carte, demi-rel. chag. La Vall. plats toile, tr. dor.

82. GAUTIER (Théophile). Le Capitaine Fracasse. illustré de 60 dessins de Gustave Doré. *Paris, Charpentier*, 1866, gr. in-8, demi-rel. chag. violet, tête dor. ébarbé.

PREMIER TIRAGE.

83. GÉRARD (J.). La Chasse au lion. Nouvelle édition illustrée de vingt-trois gravures et du portrait de l'auteur, par G. Doré. *Paris, Michel Lévy*, 1874, gr. in-8, fig. demi-rel. chag. bleu avec coins.

84. GESSNER. Mort d'Abel, poëme, traduit par Hubert. Édition ornée d'estampes imprimées en couleur, d'après les dessins de M. Monsiau. *A Paris, chez Defer de Maisonneuve, s. d.* (1793), in-4, fig. en couleur, mar. r. large dent. doublé de tabis bleu, tr. dor. *(Rel. de l'époque.)*

> Quelques taches.

85. GŒTHE. Faust. Première partie. Préface et traduction de H. Blaze de Bury. Onze eaux-fortes de Lalauze. Gravures de Méaulle, d'après Vogel et Scott. *Paris, Quantin,* 1880, in-4, portr. fig. et vign. demi-rel. chag. bleu avec coins, fil. tête dor. non rog.

86. — Le Renard (Reineke Fuchs), traduit par Ed. Fournier, illustré par Kaulbach. *Paris, M. Lévy, s. d.* in-8, fig. demi-rel. chag. violet avec coins, ébarbé.

87. GOURDAULT (Jules). L'Italie, illustrée de 450 gravures sur bois. *Paris, Hachette,* 1877, in-4, fig. demi-rel. chag. r. avec coins, fil. tête dor. ébarbé.

88. GRAFFIGNY (M\ᵐᵉ de). Lettres d'une Péruvienne, traduites du français en italien par M. Deodati. Édition ornée du portrait de l'auteur gravé par Gaucher, et de six gravures d'après les dessins de Le Barbier. *Paris,* 1797, gr. in-8, portr. et fig. v. f. ant. fil. tr. dor.

> Un nom sur la reliure.

89. GRÉGOIRE (L.). Géographie générale, physique, politique et économique, avec 100 cartes et de nombreuses gravures intercalées dans le texte, types en chromo et gravures sur acier hors texte. *Paris, Garnier,* 1876, gr. in-8, cartes et fig. demi-rel. chag. r. plats toile avec fers spéciaux, tr. dor.

90. HANCARVILLE (D'). Monumens de la vie privée des douze Césars, d'après une suite de pierres gravées sous leur règne. — Monumens du culte secret des dames romaines, pour faire suite aux Monumens des XII Césars. *Caprées, chez Sabellus (Nancy, Leclerc),* 1780-1784, in-4, front. et fig. v. ant. marb. tr. dor.

> BONNE ÉDITION de ces deux ouvrages.

91. HAVARD (H.). Amsterdam et Venise. Ouvrage enrichi de sept eaux-fortes, par MM. Léopold Flameng et Gaucherel et de cent vingt-quatre gravures sur bois. *Paris, Plon,* 1876, gr. in-8, fig. demi-rel. chag. r. avec coins, dos orné, fil. tête dor. ébarbé.

92. — La Flandre à vol d'oiseau. Illustrations d'après nature

par Max. Lalanne. *Bruxelles, Rozez,* 1883, gr. in-8, fig. cart.
avec fers spéciaux sur les plats, tr. dor.

93. HAVARD (H.). La Hollande à vol d'oiseau. Eaux-fortes et
fusains par Max. Lalanne. *Paris, Decaux et Quantin,* 1881, gr.
in-8, fig. cart. avec fers spéciaux, tr. dor.

94. — Les Quatre derniers Siècles. Étude artistique, illustrée
par J.-B. Madou. *Haarlem, s. d.* in-fol. pl. en photogr. demi-
rel. chag. noir, plats toile.

95. HÉRICAULT (Ch. d') et L. MOLAND. La France guerrière. Ré-
cits historiques d'après les chroniques et mémoires de cha-
que siècle. Ouvrage enrichi de nombreuses gravures sur acier
d'après les tableaux des grands peintres. *Paris, Garnier, s. d.*
in-8, fig. demi-rel. chag. r. avec coins.

96. HOUSSAYE (Arsène). Les Cent et un Sonnets. Gravures et
eaux-fortes. *Paris, Maury, s. d.* in-4, portr. et fig. demi-rel.
chag. bleu avec coins, fil. tête dor. non rog.

97. — Les Légendes de la jeunesse. *Paris, Morizot,* 1866, gr.
in-8, fig. demi-rel. chag. brun.

98. — Voyage à ma fenêtre. *Paris, Lecou, s. d.* (1851), gr. in-8,
fig. de Tony Johannot, C. Roqueplan, etc. demi-rel. chag.
violet.

Taches d'humidité.

99. HUGO (Victor). Le Livre d'or de Victor Hugo par l'élite des
artistes et des écrivains contemporains. Direction de Émile
Blémont. *Paris, Launette,* 1883, in-8, fig. et fac-similés, demi-
rel. mar. vert avec coins, dos orné, fil. tête dor. non rog.

Exemplaire sur PAPIER DE HOLLANDE.

100. ICONOGRAPHIE des Contemporains depuis 1789 jusqu'à 1830.
Bruxelles, J.-B. Petit, 1840, in-8, 176 portr. lithogr. sur chine,
demi-rel. chag. r. avec coins.

101. IMITATION de Jésus-Christ, traduction nouvelle avec réflexions, par Mgr G. Darboy. Illustrations d'Overbeck. *Paris,
Morizot et Plon, s. d.* gr. in-8, fig. demi-rel. chag. violet, dos
orné, ébarbé.

102. — Les Quatre livres de l'Imitation de Jésus-Christ, traduction de Michel de Marillac, préface par M. E. Caro. Dessins
hors texte, par Henry Lévy, gravés à l'eau-forte par Waltner,
ornements par M. Giacomelli. *Paris, libr. des Bibliophiles,* 1875,
gr. in-8, fig. demi-rel. mar. brun avec coins, tête dor. ébarbé.

103. IMITATION de Jésus-Christ. Traduction de Michel de Marillac. Compositions de Laurens gravées à l'eau-forte par Léopold Flameng. *Paris, Quantin*, 1878, in-8, texte encadré d'un fil. r. fig. chag. grenat, tête dor. non rog.

104. JACQUEMART (Albert). Histoire du Mobilier, avec une Notice sur l'auteur, par M. H. Barbet de Jouy, ouvrage contenant 200 eaux-fortes typographiques, procédé Gillot, par J. Jacquemart. *Paris, Hachette*, 1876, gr. in-8, fig. demi-rel. chag. grenat avec coins, tête dor. ébarbé.

105. JANIN (Jules). L'Ane mort, édition illustrée par Tony Johannot. *Paris, Bourdin*, 1842, gr. in-8, fig. demi-rel. bas. verte.
PREMIER TIRAGE.

106. — L'Hiver et l'Été à Paris, illustrés par M. Eugène Lami. *Paris, Mandeville*, s. d. 2 vol. in-4, fig. cart. perc. r. tr. dor.

107. — La Révolution française, ouvrage dirigé et publié par M. Armengaud. *Paris, Lahure*, 1862, 2 vol. gr. in-4, fig. demi-rel. chag. r. avec coins, fil. tête dor. non rog.

108. KEULLER et WAUTERS. Les Tapisseries historiées à l'exposition nationale belge de 1880, par H.-F. Keuller, texte par A. Wauters. *Bruxelles, Hayez*, 1881, in-fol. pl. en phototypie dont 1 en couleur, montées sur onglets, demi-rel. chag. La Vall. avec coins, plats toile, non rog.

109. LA BORDE (DE). CHOIX DE CHANSONS mises en musique par M. de La Borde, ornées d'estampes par J.-M. Moreau. A *Paris, chez de Lormel*, 1773, 4 tomes en 2 vol. gr. in-8, texte et musique gravés par Moria et Mlle Vendome, titre, frontispices et fig. de Moreau, Le Barbier, etc. mar. r. dos orné, comp. dent. int. (*Hardy-Mennil*.)
Bel exemplaire d'un des plus beaux ouvrages du XVIIIe siècle.

110. LABORDE (comte Alexandre de). Versailles ancien et moderne. *Paris, Schneider et Langrand*, 1841, in-8, front. et fig. demi-rel. chag. r. avec coins.

111. LACROIX (Paul). Directoire, Consulat et Empire. Mœurs et usages, lettres, sciences et arts. Ouvrage illustré de 10 chromolith. et de 410 gravures sur bois. *Paris, Firmin Didot*, 1884. gr. in-8, fig. demi-rel. chag. r. plats toile, tr. dor.

112. — Sciences et Lettres au Moyen âge et à l'époque de la Renaissance. — Vie militaire et religieuse au Moyen âge et à l'époque de la Renaissance. — XVIIe siècle. Institutions, usages et costumes. France. 1590-1700. — XVIIIe siècle. Lettres,

sciences et arts. France. 1700-1789. *Paris, Firmin Didot*, 1873, 1877, 1878, 1880. — Ens. 4 vol. gr. in-8, gravures et chromolith. demi-rel. chag. r. plats toile, tête dor. ébarbé.

113. La Fontaine. Œuvres complètes ornées de vingt gravures d'après les dessins de Desenne, Chaudet, Huet, etc. et d'un portrait inédit d'après Lebrun. *Paris, Nepveu*, 1820-21, 18 vol. in-16, fig. portr. v. gris, comp. et dent. à froid, tr. dor.

114. — Les Amours de Psyché et de Cupidon, suivis d'Adonis, poème. Édition ornée de gravures d'après les dessins de Gérard, peintre. *A Paris, imprimé au Louvre par P. Didot, an V* (1797), in-4, pl. gr. demi-rel. chag. vert avec coins, dos orné, fil. tête dor. ébarbé.

115. — Contes et Nouvelles. Nouvelle édition enrichie de tailles-douces. *Amsterdam, Desbordes*, 1685, 2 tomes en 1 vol. in-12, front. et fig. mar. r. à long grain, fil. tr. dor. (*Armoiries.*)

116. — Contes et Nouvelles en vers. *Amsterdam (Paris, David)*, 1745, 2 vol. in-12, front. et vign. de Cochin, v. ant. marb. tr. dor.

117. — Contes, avec les illustrations de Fragonard. Réimpression de l'édition de Didot, 1795, revue et augmentée d'une notice par M. An. de Montaiglon. *Paris, Lemonnyer*, 1883, 2 vol. in-4, portr. et fig. demi-rel. mar. vert avec coins, dos orné, fil. tête dor. non rog. couvertures.

118. — Honoré Fragonard. Figures des Contes de La Fontaine. gravées par Martial et destinées à orner l'édition Didot, 1795. *Paris, Rouquette, s. d.* in-fol. pl. demi-rel. chag. r. avec coins, fil. tête dor. non rog.

57 planches avec le nom des artistes à la pointe.

119. — Contes et Nouvelles. Nouvelle édition ornée de vignettes. *Paris, Braulart*, 1835, 2 tomes en 1 vol. in-8, portr. titre gr. et fig. demi-rel. mar. La Vall.

Édition rare.
Quelques taches d'humidité.

120. — Contes et Nouvelles. Édition illustrée par MM. Tony Johannot, Cam. Roqueplan, Devéria. etc. *Paris, Ern. Bourdin, s. d.* gr. in-8, fig. demi-rel. v. violet.

121. — Contes. Édition illustrée de 180 vignettes dans le texte... et de nouveaux dessins hors texte par Staal. *Paris, Garnier, s. d.* in-8, fig. demi-rel. chag. r. avec coins, fil. tête dor. non rog.

Exemplaire sur chine, auquel on a ajouté la reproduction de la suite de Fragonard en deux états sur chine.

122. LAMARTINE. Œuvres complètes, publiées et inédites. *Paris, chez l'auteur*, 1860-1866, 41 vol. in-8, demi-rel. chag. r. avec coins, fil. tête dor. ébarbés.

123. LAS CASES (comte de). Le Mémorial de Sainte-Hélène, suivi de Napoléon dans l'exil par O'Méara. *Paris, Lequien et Soulé*, 1835, 2 vol. in-8 à 2 col. portr. et fig. demi-rel. bas. violette.

124. LAURENT de l'Ardèche. Histoire de l'empereur Napoléon, illustrée par Horace Vernet. *Paris, Dubochet*, 1839, in-8, fig. demi-rel. mar. vert avec coins, tr. dor.

PREMIER TIRAGE.

125. LIGNY (le P. de). Histoire de la vie de Jésus-Christ. Édition ornée de gravures d'après les tableaux des plus grands maîtres sous la direction de L. Petit. *Paris, Crapelet*, 1804, 2 vol. in-4 cart. non rog.

Légères taches de vers.

126. — Histoire de Notre-Seigneur Jésus-Christ, ornée de 40 planches, d'après les grands maîtres. *Bruxelles, Société des Beaux-Arts*, 1839, gr. in-8, fig. demi-rel. chag. vert avec coins.

127. LONGUS. LES AMOURS PASTORALES de Daphnis et Chloé (par Longus). *S. l. (Paris)*, 1718, titre gr. fig. du Régent Philippe d'Orléans, mar. r. fil. tr. dor. (*Rel. anc.*)

Exemplaire grand de marges avec la figure du comte de Caylus connue sous le nom des *Petits Pieds*.

128. — Les Amours pastorales de Daphnis et de Chloé. Double traduction du grec en français de M. Amiot et d'un anonime mises en parallèle, et ornées des estampes d'Audran, gravées d'après les dessins du feu duc d'Orléans. *Paris, imprimées pour les curieux*, 1757, in-4, texte encadré, front. fig. vign. et culs-de-lampe, v. ant. gran.

129. — Les Pastorales, ou Daphnis et Chloé, traduction de Jacques Amyot, revue par P.-L. Courier, introduction par M. Henry Houssaye. Figures de Prudhon et vignettes d'Eisen. *Paris, Maury, s. d.* in-4, fig. demi-rel. chag. bleu avec coins, dos orné, fil. tête dor. ébarbé.

130. LOUVET DE COUVRAY. Les Aventures du chevalier de Faublas. Édition illustrée de 300 dessins. Notice par Philipon de La Madelaine. *Paris, Mallet*, 1842, 2 vol. in-8, fig. demi-rel. bas. verte.

On y a ajouté 2 figures in-8 sur CHINE AVANT LA LETTRE, d'une suite moderne.

131. MALFILATRE. Narcisse dans l'Isle de Vénus, poème en quatre

chants (par **Malfilâtre**). *Paris, chez Lejay, s. d.* (1769), in-8, fig. d'Eisen et Saint-Aubin, mar. r. dos orné, comp. dor. fil. tr. dor. (*Quinet.*)

132. **Marmontel**. Contes Moraux. *Paris, Merlin,* 1765, 3 vol. in-8, portr. titre gr. et fig. de Gravelot, v. ant. éc. fil.

133. **Mary-Lafon**. Les Aventures du chevalier Jaufre et de la belle Brunissende, traduites par Mary-Lafon. illustrées de 20 belles gravures dessinées par G. Doré. *Paris, Libr. Nouvelle,* 1856, gr. in-8, fig. demi-rel. chag. vert, plats toile.

    Premier tirage.

134. **Méry**. Constantinople et la mer Noire, illustrations de **MM.** Rouargue frères. *Paris, Belin, Leprieur et Morizot, s. d.* gr. in-8, fig. demi-rel. chag. brun, plats toile, tr. dor.

135. **Michaud**. Histoire des Croisades, illustrée de 100 grandes compositions par G. Doré. *Paris, Furne-Jouvet,* 1877, 2 vol. in-fol. planches. cart. perc. r. fers spéciaux sur les plats, ébarbés.

136. **Mille et une Nuits** (Les), contes arabes traduits par Galland, illustrés par Français, H. Baron, etc. augmentés d'une dissertation par **M.** le baron Sylvestre de Sacy. *Paris, Bourdin.* 1860, gr. in-8. fig. demi-rel. chag. r. plats toile, tr. dor.

137. **Milton**. Paradise lost, illustrated by G. Doré, edited by R. Vaughan. *London, Cassel, s. d.* in-fol. fig. cart. perc. r. fers spéciaux, ébarbé.

138. — Le Paradis perdu. Traduction de Chateaubriand, précédée de réflexions sur la vie et les écrits de Milton par Lamartine. *Paris, Rigaud,* 1863, in-fol. pl. gr. demi-rel. chag. vert avec coins. tête dor. ébarbé.

139. **MOLIÈRE. OEUVRES**. Nouvelle édition. *Paris,* 1734, 6 vol. in-4, fig. v. f. ant.

    Bel exemplaire du Premier tirage, aux armes de Lenormand de Tournehem.

140. **Moncrif**. Contes. — Facéties du comte de Caylus. Avec une notice bio-bibliographique par Octave Uzanne. *Paris, Quantin,* 1879. — Ens. 2 vol. in-8, portr. et vign. fig. en fac-similé, demi-rel. mar. grenat et citron avec coins, tête dor. non rog.

    Tirés à petit nombre.

141. **Monnier** (Ant.). Le Haschisch, contes en prose, sonnets et poëmes fantaisistes illustrés de trente eaux-fortes. *Paris, Willem,* 1877, in-4, pl. demi-rel. chag. bleu avec coins. dos orné. fil. tête dor. ébarbé.

142. Muller (Eug.). Le Géant et l'Oiseau, conte de jadis ou d'aujourd'hui, illustré de 40 dessins, dont 22 compositions de Giacomelli. *Paris, M. Dreyfous, s. d.* in-4, fig. demi-rel. v. brun avec coins, tête dor. ébarbé.

143. Musée des Deux Mondes. Reproductions en couleur de tableaux, aquarelles et pastels des meilleurs artistes. *Paris, Bachelin-Deflorenne, s. d.* 6 vol. in-4 à 2 col. cart. perc. r. fers spéciaux, tr. dor.

144. Musée royal de Naples, peintures, bronzes et statues ér*** du cabinet secret, avec leur explication, contenant 60 gravures coloriées. *Paris, Ledoux,* 1836, in-4, fig. demi-rel. chag. r. avec coins, fil. tête dor. ébarbé.

145. Opéra (L'). Eaux-fortes et quatrains, par un abonné. *Paris, librairie des Bibliophiles,* 1876, in-12, portr. demi-rel. mar. bleu avec coins, fil. tête dor. non rog.

146. OVIDE. Les Métamorphoses, en latin et en français, de la traduction de M. l'abbé Banier, avec des explications historiques. *A Paris, chez Delormel*, 1767-1771, 4 vol. in-4, front. fig. et culs-de-lampe, par Boucher, Eisen, Gravelot, etc. v. marb. fil. tr. dor. (*J. Scharye, relieur du Roi.*)

> Premier tirage.

147. Parc (le) au cerf, ou l'Origine de l'affreux déficit. Seconde édition, revue, corrigée et considérablement augmentée. *Paris,* 1790, in-8, front. portr. et fig. demi-rel. mar. citron avec coins, fil. tr. dor.

> Exemplaire avec la figure où est représenté le banquier Peixotte.

148. Paris and its environs, displayed in a series of picturesque views; the drawings made under the direction of M. Pugin, and engraved under the superintendance of M. C. Heath. *London,* 1830-1831 2 vol. in-4, pl. gr. demi-rel. bas. violette.

149. Perrault (Charles). Contes du temps passé, précédés d'une notice littéraire, par M. E. de La Bédollière, illustrés par MM. Pauquet, Marvy, etc. Texte gravé par M. Blanchard. *Paris, Curmer,* 1843, in-8, front. fig. vign. et texte gr. demi-rel. chag. bleu avec coins.

> Ouvrage recherché.
> Quelques taches d'humidité dans la notice.

150. — Les Contes des Fées, en prose et en vers. Deuxième édition..... par Ch. Giraud. *Lyon, Perrin,* 1865, in-8, portr. fig. et vign. demi-rel. mar. r. avec coins, fil. tête dor. non rog. (*Claessens.*)

151. Petit Journal pour rire. 14 vol. in-4, fig. demi-rel. bas. verte.

> Première série, 670 numéros. — Deuxième série, 313 numéros. — Troisième série, 500 numéros.
> Les numéros 401 à 489, de la 1re série manquent.

152. Petite collection antique. *Paris, Quantin,* 1878-1881, 7 vol. in-32, texte encadré, vign. demi-rel. chag. bleu avec coins, fil. tête dor. non rog.

> Apulée. L'Amour et Psyché. — Musée. Héro et Léandre. — Ovide. Les Amours. — Longus. Daphnis et Chloé. — Tatius Leucippe et Clitophon. — Virgile. Les Bucoliques. — Lucien. Dialogues des courtisanes.

153. Pezay (marquis de). Zélis au bain, poème en quatre chants (par le marquis de Pezay). *Genève, s. d.* (1763), in-8, fig. d'Eisen v. ant. gr. tr. dor.

> Première édition.
> Exemplaire en papier de Hollande.

154. Plancher de Valcourt. Le Petit-Neveu de Boccace, ou Contes nouveaux en vers (par Plancher de Valcourt). *Amsterdam, Arkstée et Merkus,* 1777, in-8, fig. de Desrais, v. ant. marb.

155. PRÉVOST (l'abbé). Histoire du chevalier Des Grieux et de Manon Lescaut. *Amsterdam,* 1753, 2 vol. in-12, pap. de Holl. fig. v. ant. marb.

156. — Histoire de Manon Lescaut et du chevalier Des Grieux. Édition illustrée par Tony Johannot, précédée d'une notice historique sur l'auteur par J. Janin. *Paris, Bourdin, s. d.* (1839), gr. in-8, fig. demi-rel. mar. bleu avec coins, fil. tête dor. ébarbé.

157. — Histoire de Manon Lescaut et du chevalier Des Grieux. Précédée d'une préface par Alex. Dumas fils. *Paris, Glady,* 1875, in-8, fig. de L. Flameng gravées à l'eau-forte, chag. f. dent. à froid, tr. dor.

158. Querlon. Les Grâces (par Meunier de Querlon). *Paris, Laurent Prault,* 1767, in-8, fig. de Moreau, demi-rel. bas.

> Exemplaire non rogné en papier de Hollande.

159. Rabelais. Œuvres... précédées d'une notice par P. L. Jacob (P. Lacroix). Nouvelle édition... par Louis Barré. Illustrations par Gustave Doré. *Paris, Bry,* 1854, in-8, front. et fig. demi-rel. chag. r. avec coins, tête dor. ébarbé.

> Premier tirage.

160. — Œuvres. Illustrations de Gustave Doré. *Paris, Garnier,* 1873, 2 vol. in-fol. portr. et fig. cart. perc. r. fers spéciaux, ébarbés.

161. RAMBOSSON (J.). Les Harmonies du son et l'Histoire des instruments de musique. *Paris, Firmin Didot,* 1878, in-8, fig. en noir et en couleur, demi-rel. chag. r. plats toile, tr. dor.

162. RECLUS (Élisée). NOUVELLE GÉOGRAPHIE universelle. La Terre et les Hommes. *Paris, Hachette,* 1876-1887, 12 vol. in-8, fig. et cartes, demi-rel. chag. r. fers spéciaux sur les plats, tr. dor.

Europe. 5 vol. tomes I à V. — Asie. 4 vol. tomes VI à IX. — Afrique. 3 vol. tomes X à XII.

163. RIANCEY (Henri de). La Vie des Saints. Illustrations en or et couleur d'après les manuscrits de tous les siècles par Kellerhoven. Édition abrégée par M. A. de Riancey. *Paris, Bachelin-Deflorenne, s. d.* pet. in-4, texte encadré d'un fil. r. fig. chag. brun, tête dor. non rog.

164. ROBERT (Adrien). Contes fantasques et fantastiques. Illustrations d'Horace Castelli. *Paris, Charlieu, s. d.* in-8, fig. hors texte et vign. demi-rel. chag. noir.

165. ROUSSEAU. SUITE DE FIGURES PAR MOREAU, Le Barbier et Cochin, pour les *Œuvres.* In-4, mar. bleu, dos orné, fil. dent. int. tête dor. (*Claessens.*)

Un portrait de Rousseau, par de La Tour, gravé par Saint-Aubin. — Pour la *Nouvelle Héloïse :* 2 titres avec fleurons de l'édition de 1774, et 13 figures par Moreau. — Pour *Émile :* 2 titres avec fleurons de l'édition de 1774, et 9 figures par Moreau, plus 1 frontispice et 5 figures par Cochin, datées de 1780, in-4, remontés. — Pour les *Œuvres mêlées :* 4 titres de l'édition de 1776, avec fleurons par Choffard et 6 figures par Moreau. — Pour le *Dictionnaire de musique :* 1 titre de l'édition de 1776, avec fleurons par Choffard, et 1 figure par Moreau. — Pour les *Œuvres posthumes :* 3 titres de l'édition de 1782-1783, avec fleurons dont 1 par Moreau et 2 par Le Barbier, et 8 figures, 1 par Moreau et 7 par Le Barbier. — En tout 43 figures très belles d'épreuves ; plusieurs sont AVANT LA LETTRE.

166. ROUSSELET (Louis). L'Inde des Rajahs. Voyage dans l'Inde centrale et dans les présidences de Bombay et du Bengale. Deuxième édition contenant 317 gravures sur bois. *Paris, Hachette,* 1877, in-4, fig. demi-rel. chag. r. plats toile, fers spéciaux, tr. dor.

167. SAINTE-BEUVE. Galerie et Nouvelle Galerie de femmes célèbres tirées des Causeries du Lundi par M. Sainte-Beuve, illustrées d'après les dessins de G. Staal. *Paris, Garnier, s. d.* 2 vol. gr. in-8, portr. demi-rel. chag. bleu avec coins, dos orné, fil. tête dor. ébarbés.

168. SAINT-LAMBERT. Les Saisons, poème (par Saint-Lambert). Septième édition. *Amsterdam,* 1775, gr. in-8, fig. de Moreau le Jeune et vignettes par Choffard, v. ant. marb.

Ce poème est suivi de trois *Contes,* de *Poésies fugitives* et de *Fables orientales ;* les trois contes sont ornés de 2 figures de Moreau.

169. SAINT-PIERRE (Bernardin de). Paul et Virginie. *Paris, Curmer, 25, rue Sainte-Anne*, 1838, portr. fig. hors texte et dans le texte, mar. grenat à long grain, dent. tr. dor. (*Crabbe.*)

Taches d'humidité.

170. SALON de 1857. Les Expositions de Paris. Cinquante planches gravées et lithographiées... Texte par M. Théophile Gautier. *Paris*, 1859, in-fol. pl. cart. dos de perc. non rog.

171. — de 1861. Les Artistes au XIX° siècle. Gravures par H. Linton. Notices par Castagnary. *Paris*, 1861, in-fol. pl. en feuilles dans 1 carton.

172. SCHELLENBERG (I.-K.). Freund Heins Erscheinungen in Holbeins Manier. *Winterthur, Steiner*, 1785, front. et 25 fig. mar. noir, têtes de mort, tr. dor.

173. SCHLIEMANN (Henri). Mycènes, traduit de l'anglais par J. Girardin. *Paris, Hachette*, 1879, gr. in-8, cartes, plans et fig. demi-rel. chag. r. fers spéciaux sur les plats, tr. dor.

174. SEDAINE. La Tentation de saint Antoine, ornée de figures et de musique. — Le Pot-pourri de Loth. — *Londres*, 1781, 2 ouvrages en 1 vol. in-8, front. et fig. mar. r. fil. tr. dor.

PREMIER TIRAGE.

175. — Les mêmes ouvrages, même édition. In-8, front. fig. et musique, demi-rel. mar. orange avec coins, dos orné, fil. tête dor. ébarbé.

Bel exemplaire du PREMIER TIRAGE avec les figures découvertes.

176. SOULIÉ (Frédéric). Si Jeunesse savait, si Vieillesse pouvait. *Bruxelles, Société belge de librairie*, 1844, gr. in-8, fig. demi-rel. v. bleu.

Le Lion amoureux occupe les pages 463 à 526.

177. STERNE. Voyage sentimental. Traduction nouvelle, précédée d'un essai sur la vie et les ouvrages de Sterne, par M. J. Janin. Edition illustrée par MM. Tony Johannot et Jacque. *Paris, Bourdin, s. d.* (1841), in-8, fig. et vign. demi-rel. mar. bleu avec coins. fil. tête dor. ébarbé.

PREMIER TIRAGE.
Quelques taches d'humidité.

178. TABLEAUX de la vie de N.-S. Jésus-Christ et des actes des Apôtres. *Bruxelles*, 1847, in-4, pl. gr. sur acier, cart.

179. TASSO (Torquato). Jérusalem délivrée. Nouvelle traduction (par Le Brun). *Paris, Musier*, 1774, 2 vol. in-8, front. titre gr. fig. et vign. par Gravelot, v. ant. éc. fil.

180. TENNYSON. Les Idylles du roi, poèmes traduits de l'anglais par Francisque Michel. Dessins de G. Doré. *Paris, Hachette,* 1869, in-fol. fig. cart. perc. r. fers spéciaux, ébarbé.

181. THIERS (A.). Histoire de la Révolution française, du Consulat et de l'Empire. *Paris, Furne-Jouvet,* 1872-1874, 31 vol. in-8, portr. et fig. demi-rel. chag. grenat avec coins, tête dor. ébarbé.

182. TÖPFFER (R.). Nouvelles genevoises, illustrées d'après les dessins de l'auteur, gravures par Best, Leloir, Hotelin et Regnier. Cinquième édition illustrée. *Paris, Garnier, s. d.* gr. in-8, demi-rel. v. gris avec coins.

183. TOUCHATOUT. Histoire de France tintamarresque, illustrée par G. Lafosse. *Paris, aux bureaux du journal l'Éclipse,* 1872, gr. in-8, fig. demi-rel. mar. brun. — Histoire tintamarresque de Napoléon III, illustrée de nombreux dessins noirs et coloriés. *Paris,* 1874, in-8, fig. demi-rel. chag. noir. — Ens. 2 vol.

184. TOUR (le) DU MONDE, nouveau journal des voyages publié sous la direction de M. Ed. Charton et illustré par nos plus célèbres artistes. *Paris, Hachette,* 1860-1884, 24 vol. in-4, fig. demi-rel. chag. grenat, plats toile.

185. UCHARD (Mario). Mon oncle Barbassou, orné de 40 compositions gravées à l'eau-forte par Paul Avril. *Paris, Lemonnyer,* 1884, in-8, fig. demi-rel. mar. vert avec coins, dos orné, tête dor. ébarbé.

186. UZANNE (Octave). L'Éventail, illustrations de Paul Avril. *Paris, Quantin,* 1882, in-8, fig. en couleur, cart. moire verte, éventail au coin, tête dor. non rog. couvertures, dans un étui. (*Claessens.*)

187. — L'Ombrelle, le Gant, le Manchon, illustrations de Paul Avril. *Paris, Quantin,* 1883, in-8, fig. en couleur, cart. moire rouge, ombrelle au coin, tête dor. non rog. couvertures, dans un étui.

188. VILLARS (P.). L'Angleterre, l'Ecosse et l'Irlande. 4 cartes en couleur et 600 gravures. *Paris, Quantin, s. d.* pet. in-4, fig. demi-rel. chag. grenat, plats toile avec fers spéciaux, tr. dor.

189. VOLTAIRE. La Henriade. *Londres,* 1728, in-4, front. fig. vign. et culs-de-lampe, v. ant. marb.

PREMIÈRE ÉDITION avec figures.

190. — La Pucelle d'Orléans, poème divisé en 21 chants, avec

les notes de M. de Morza (Voltaire). *Londres*, 1775, in-8, front.
et fig. mar. r. jans. tr. dor.

191. VOLTAIRE. La Pucelle d'Orléans, poème en dix-huit chants
(par Voltaire). *Genève* (*Cazin*), 1777, in-18, front. et fig. mar.
r. dos orné, fil. tr. dor. (*Rel. anc.*)

    Jolie édition ornée de la suite des 18 figures, attribuées à Marillier, con-
nue sous le nom de *suite anglaise*.
    Le portrait manque.

192. — ROMANS ET CONTES. *Bouillon*, 1778, 3 vol. in-8, portr. fig.
v. ant. marb.

    Exemplaire contenant la suite des charmantes figures de Marillier, Mo-
reau, Monnet, etc. en épreuves AVANT LES NUMÉROS, sauf 2 figures du tome II.

193. WALLON (H.). Jeanne d'Arc. Édition illustrée d'après les
monuments de l'art depuis le XVᵉ siècle jusqu'à nos jours.
Paris, Firmin Didot, 1876, gr. in-8, fig. et chromolith. demi-
rel. chag. r. plats toile, tête dor. ébarbé.

194. YRIARTE (Charles). Florence : l'histoire, les Médicis, les
humanistes, les arts ; ouvrage orné de 500 gravures et planches.
Paris, Rothschild, 1881, gr. in-4, fig. cart. perc. médaillon en
couleur, tr. dor.

195. — Venise : histoire, art, industrie, la ville, la vie ; ouvrage
orné de 525 gravures, plusieurs en couleurs. Troisième édition. *Paris, Rothschild*, 1878, in-4, fig. en noir et en couleur.
cart. perc. r. fers spéciaux, tr. dor.

Paris. — Typ. Georges Chamerot, 19, rue des Saints-Pères. — 22293.

RED. :

21

BIBLIOTHEQUE NATIONALE DE FRANCE

****

CHATEAU DE SABLE

1996